Crón
Mictlán

JD Abrego

Microtextos de
LOS CUENTOS DE VIENTO DEL SUR

PARA USTEDES

Para todos aquellos que han perdido a un ser querido. Recuerden que esta vida es solo el principio, y al exhalar el último suspiro, comenzamos a andar el verdadero camino.

"El Mictlán susurra mi nombre, pero aún no estoy listo para atender su llamado; todavía me quedan aguas por explorar y corazones que tocar. Déjame permanecer en este mundo al que tanto amo, permite que me quede siempre a tu lado..."

Axolotl y el fantasma de la extinción

El Mictlán y el duelo

Nada hay más terrible en este mundo que sufrir la partida de un ser querido. Recuperarse de tan duro golpe no es tarea sencilla. Hacen falta muchas horas de llanto y meditación para comprender un hecho innegable que en esos momentos es imposible asimilar: aquel que se va ya no sufre más.

Aceptar la muerte es la prueba más cruel que enfrentamos en la vida: nos recuerda que no somos eternos, y que el tiempo tarde o temprano habrá de alcanzarnos.

Sin embargo, hay una luz al final del camino. Y esa es la promesa de una vida nueva.

Parte de la herencia que el Anáhuac puso en nuestras manos es la filosofía sobre el estrecho lazo que une a la vida con la muerte.

Los antiguos creían fielmente en que nada pasaba al morir salvo el acceso a un nuevo sendero, una renovada existencia que nos conduciría a la vida eterna.

Diversos planos se ponían a disposición de los fallecidos, siendo el Mictlán el camino más habitual para todo aquel que dejaba el mundo de los vivos.

¿Tendrían razón? Yo creo que sí. Pienso que poseemos un alma capaz de atravesar el tiempo y el espacio, y que, en algún lugar del universo, nos reencontraremos una vez más con nuestros seres amados.

Eso me gusta creer.

¿Y a ti?

-Viento del Sur-

Crónicas del Mictlán

~•~

"Y si me come el tiempo,
que me coma completo;
que se lleve mis ganas
de reír,
pero que también se lleve
mis ganas de llorar."

~•~

"Perdidos en la inmensidad, cuatro cenzontles entonaban una
triste melodía; lamentaban el no poder verse, pero lamentaban
aún más el no poder encontrarse."

~•~

"No me busques en mi sepulcro, porque no estoy ahí; mejor
búscame en el Cielo, ahí tras las nubes, me verás sonreír."

~•~

"Cuando llegues al Mictlán, háblales de mí; diles que siempre te
amé y que fuimos amigos inseparables; diles que para mí no solo
eras un perro, sino también mi eterno compañero."

~•~

"Dicen que del otro lado nos espera la gloria. No estoy seguro de
ello, pero sí sé que no tengo miedo de seguir adelante."

~ • ~

"Vivo rodeado de tanta luz, que no me extraña ser una simple sombra."

~ • ~

"La madre naturaleza siembra vida y cosecha alegría. La naturaleza humana siembra discordia y cosecha guerra. Es por eso que el pueblo del maíz no sobrevivirá al quinto sol"

~ • ~

"Sentado bajo la sombra de un gran árbol de tzapotl, el gran Xolo color de tierra miraba atento el Anáhuac que había dejado atrás. Sonrió al ver al joven Xolo tlacaztli juguetear con las personas que una vez amó. Sin dejar de mirar, desconectó su mente y se permitió soñar. Un día volvería a verlos, y sería sólo él y nadie más que él, el itzcuintli que guiara a su familia hasta su descanso final en el Mictlán"

"He escuchado el canto del cenzontle por las mañanas, haciendo eco en cada calle y en cada alma.
He visto al águila volar rauda y veloz, acechando constantemente a ingenuas presas.
He tocado el rostro de un joven ciervo, que pasta confiado en el campo, ajeno por completo al miedo y el dolor.
He aspirado el olor de los peces cuando brincan por encima del agua y parecen sonreírle a la luna cuando sube la marea.
Pero nunca he probado el sabor de la miel, aquella que endulza la vida y hace que se olviden los temores y sin sabores.
He vivido mucho, pero si hay algo que le pido al cielo, es que me dé la oportunidad de vivir tan solo un poco más..."

~•~

"Escúchame hijo;
ayer la luna se durmió
mirando tus ojos,
y le pedí con insistencia
que velara tu sueño,
que te alejara del mal,
y que te hiciera un hombre
de bien.
Le rogué que te cuidara
allá donde yo no estoy,
que iluminara tu camino
después de dormirse el sol,
y que te mantuviera lejos
del lugar a donde yo voy..."

~•~

"Hay una cosa que deseo pedirte, pequeña mariposa de oscuras
alas: mañana que vueles de regreso al mundo de allá arriba, no
dejes de visitar a aquella a la que dejé atrás; recuérdale que
esperaré por ella sin importar cuando tiempo haya de pasar, y
que, por un beso suyo, valdría la pena morir una vez más."

~•~

" Y si tu itzcuintli te abandonara a la mitad del camino al Mictlán?
–¡¡¡Eso sería muy injusto!!!
Y si lo es, ¿por qué lo abandonas tú a la mitad del camino de la
vida? "

~•~

"Y si nos sorprende la muerte,
que nos sorprenda juntos,
porque no estoy dispuesto
a marchar al Mictlán
si no entro en él
contigo de la mano."

~•~

"Y nunca más
te aquejarán los dolores
ni las tristezas,
pues allá donde vas
no existen las penas.
Te prometo que
no volverás a llorar,
apenas des un paso
en el sagrado Mictlán."

~•~

"Cuando te llegue la hora de partir, abre tus manos y suelta todo
aquello a lo que le has tenido apego. Sonríe y avanza sin mirar
atrás, deseando suerte a los que se quedan y uniéndote feliz a los
que ya se van."

~•~

"Me llama la tierra de la que una vez salí; me pide de vuelta la
madre de todos y todo; me reclama el mundo al que todos
habremos de ir...
¿Ahora lo entiendes? Por favor regálame una última sonrisa, me
ha llegado la hora de partir..."

"Allá en el mundo donde nadie llora,
ya quisiera yo estar,
penosa y larga ha sido mi vida,
y al Mictlán ya quiero llegar..."

"No llores por los que se van, porque pronto con ellos te habrás de encontrar; continúa caminando y no te dejes abatir por el llanto. Recuerda que la luna tiene que ceder su lugar en el firmamento para que vuelva a salir el sol."

"Angustiado a causa de mi indecisión, el pequeño perro movió las orejas y me urgió a cruzar el río restregando su cabeza en mis piernas. Temblé, pero me animé a dar el primer paso. El can pareció sonreír. Se adelantó un poco y me apresuré a seguirlo. Así hicimos varias veces, hasta que me percaté de que ya estaba en la otra orilla. Había logrado cruzar a pesar de estar lleno de miedo. Es curioso, sin mi valiente compañero jamás me habría decidido a aceptar mi muerte."

SQ7BX8ZTPK

Purchase Order #: MMX200000948531037G

Your order of October 6, 2024 (Order ID 113-9687536-7855432)

Qty.	Item	Item Price	Total
1	**Crónicas del Mictlán (Spanish Edition)** Ábrego, JD --- Paperback **B09MJS8P6Z** B09MJS8P6Z 9798777458216	$7.49	$7.49

This shipment completes your order.

Subtotal		$7.49
Order Total		$7.49
Paid via credit/debit		$7.49

Return or replace your item
Visit Amazon.com/returns

SmartPac

~•~

"No quiero lágrimas el día de mi partida, sino flores y redobles de teponaztli; que las jarras con octli circulen y alegren los corazones, para que mi paso al otro mundo sea motivo de dicha y no de sinsabores.
No quiero llanto cuando se me apague el sol, porque la tristeza no existe en ese lugar al que voy."

~•~

"¿A dónde van aquellos que mueren ahogados en el llanto?
¿Quién acoge a esos que arrastró la voraz corriente de la melancolía?
¿Qué sucede con las almas que murieron con el agua de las penas al cuello?
Dime, Tláloc: ¿Hay espacio en el Tlalocan para ellos y para mí?"

~•~

"No llores cuando escuches mi canción, porque la entono para darte alegría, no tristeza. Nos reuniremos otra vez. Verás que al final, ha valido la pena tan larga espera."
"Nuestro tonalli es perecer; extinguirnos cual llama de una hoguera, fundirnos con la oscuridad igual que efímero atardecer... Mas antes de sufrir tan nefasta condena, somos libres de caminar: dar un paso, dos, tres o quizá cien... Somos incapaces de cambiar nuestro final, pero si podemos elegir cómo lo hemos de alcanzar."

"Un día me alcanzará la muerte, y sus pasos se emparejarán con los míos; me tomará de la mano y abandonaré mi camino para en su lugar, tomar el suyo. Cuando llegue ese día, quiero me descubra con una sonrisa: que sepa que no me da miedo partir, porque aquí todo lo tuve, porque aquí todo lo viví..."

~•~

"¿Puedes escucharlos? Son ellos... Han venido por nosotros y hay que darles aquello que han venido a buscar... La luz que los guía de vuelta a casa; el agua que los refresca tras un largo viaje; el pan que les recuerda los sabores de esta tierra y los dulces que llenan su alma de paz y alegría...
¿Puedes escucharlos? Son ellos... Ya se van, pero el próximo año, cuando su mundo y el nuestro vuelvan a ser uno, volverán..."

~•~

"Sus risas y juegos se dejaron escuchar otra vez; el eco de sus saltitos y su dulce recuerdo impregnaron una vez más este mundo gris que nunca ha dejado de añorar su presencia. Les han dado tímidos sorbos a los vasos de leche y pequeñas mordidas a los dulces y el pan. Ya se van, pero volverán; lo sé porque aquí en la tierra nunca los dejamos de extrañar."

~•~

"Hay pequeñas almas que jamás pisaron este mundo; se quedaron a medio camino, y hoy habitan un mundo donde los árboles dan leche y les susurran canciones hasta que se quedan dormidos. Mas cada año, vienen también. Siguen las lucecitas que no pertenecen a nadie y se detienen a descansar donde alguien les regala un dulce o algún pan. Y luego se van, a ese lugar donde sus madres un día los han de alcanzar..."

~•~

"...primero vienen esos que no tuvieron oportunidad de despedirse; encendemos una luz para guiar su camino y les damos una vasija con agua para calmar su sed. Se quedan solo un momento y luego siguen viajando. Para que sus almas puedan descansar, el último adiós deben pronunciar..."

~•~

"No atesores las semillas de cacao, pues de nada te servirán cuando partas al otro mundo. Guárdate solo los recuerdos, porque aun siendo amargos, es lo único que llevarás al otro lado. Sonríe y llora, grita y regocíjate, tanto como debas, tanto como puedas. Porque en este mundo la única verdad, es que para vivir solo tienes una oportunidad."

~•~

"Dicen que cuando uno de los tuyos muere, una parte de tu alma se va con él. No es cierto. Cuando uno de tus seres amados se va, una parte de ellos se queda contigo. Así sucede hoy, así sucederá mañana.
El cuerpo perece, pero el recuerdo vive para siempre."

~•~

" Muy lejos, en el fondo del abismo del otro mundo, allá donde nadie puede escuchar tu voz, ahí te esperaré. Aguardaré paciente, vigilando tus pasos, y en cuanto cruces el río que divide tu tierra de la mía, caeré sobre ti. Te abrazaré con todas mis fuerzas, y no te soltaré hasta que me digas: yo también te extrañé, abuela..."

~•~

"Cuando desperté, un itzcuintli me miraba fijamente mientras lamía mi rostro. Le acaricié las orejas y dio un saltito de alegría. Sonreí, y me puse de pie, aunque no tenía ganas de hacerlo. Entonces me di cuenta de que un río enorme se alzaba ante mí. El pequeño perro me hizo una seña indicándome que saltara. Y lo hice... Y la oscuridad que conocí una vez quedó atrás. Ahora sólo había luz. Infinita luz..."

~•~

"¿Qué nos queda al partir sino el recuerdo de aquellos a quienes amamos? Los únicos tesoros que nos llevamos al Mictlán son las sonrisas que recibimos y los sueños que un día compartimos."
"Vine a verte, mamá; vengo de muy lejos y tuve que pedir prestadas unas alas para llegar hasta tu ventana.
Vine porque te escuché llorar y no quiero que estés triste. No derrames lágrimas por mi causa, ya que nada malo hay en donde hoy tengo mi hogar.
¿Lo ves, mamá? Hoy vine como mariposa para que sepas que ya es hora de que me dejes volar. Ya no llores más, porque allá donde voy, algún día tú también irás."

~•~

"Allá esperan por nosotros. Aguardan pacientes nuestra llegada, con los brazos abiertos y lágrimas adornando sus miradas. Allá sonríen e iluminan nuestro camino, tejiendo con memorias un puente que nos lleve de vuelta a ellos.
Allá esperan, allá donde el mundo ya no da vuelta..."

~•~

"Recuerda que al final el cacao y el jade aquí se quedan, que solo los recuerdos parten con nosotros al más allá.
Y cuando llegue el momento de partir, ¿sabrás distinguir el polvo de oro de los verdaderos tesoros? ¿Podrás dejar de añorar al quetzal y comenzar a volar?"

~•~

"Y cuando la noche nos alcance, solo pido que te mantengas a mi lado; que tu abrazo me envuelva y aleje las sombras del pasado.

~•~

Si he de avanzar entre la más densa oscuridad, quiero que caminemos juntos; tomados de la mano, siempre juntos, nunca lejanos."

~•~

"Dicen que solos llegamos y solos nos vamos. No es verdad. Nos vamos cargados de recuerdos, de risas, de besos y abrazos. Nos vamos con las manos llenas de experiencias, con la boca atiborrada de sabores y con la mente rebosante de conocimiento. No, no nos vamos solos, porque el día en que partimos, un pequeño trozo de los que nos amaron se muere con nosotros."

~•~

"La vida no es un regalo de los dioses, sino un préstamo de ellos. Algún día nuestra esencia volverá a su lado, y viajaremos por los cielos tan libres como el viento.

~•~

~•~

La muerte no es un castigo de los dioses, sino uno de sus premios. Es el jade de un collar, la nieve de una montaña. Es el principio de un nuevo camino, el primer paso del más increíble viaje."

~•~

"Se nos apagó el sol,
ya es hora de partir.
Atrás dejamos la tierra,
atrás queda el maíz.
Vamos allá donde esperan los viejos,
allá donde solo se sabe sonreír.
Vamos juntos, vamos de la mano,
que, si el sol dejó de brillar,
la luna habremos de encontrar."

~•~

"La valentía no es una cualidad, es una elección.
Si el eco del tambor llama a tu corazón, marcha al frente y no mires atrás.
Cuando has elegido la senda del valiente, solo hay dos caminos: la gloria o la muerte."

~•~

"Sí, madre, te escuché. Me da gusto saber que has encontrado al fin tu merecido descanso. Me hizo llorar la noticia de que te reencontraste con mis abuelos, y temblé de emoción al oír que nuestro viejo itzcuintli te ayudó en cada paso del camino. Gracias, nana, me alegró saber de ti, aunque fuera a través de un pequeño colibrí."

~•~

"No. Una mariposa negra no es símbolo de mala fortuna. Al contrario, un papalotl de color obsidiana es una bendición: es un niño que viajó desde el Tlalocan para recordarle a sus padres que sin importar cuanto tiempo pase, él los habrá de esperar."

~•~

"Aquí espero por ti,
bajo la sombra
de este enorme ahuehuete.
Sé que tardarás en llegar,
pero que sin duda alguna
me habrás de alcanzar.
El amor no sabe de vida
ni tampoco de muerte;
día tras día aguardaré por ti
hasta que tu corazón
deje de latir."

~•~

"Llegó mi momento. Pon una semilla de cacao en mi mano y dame el último adiós. Recuérdale a mi itzcuintli que lo necesito para cruzar el río, y quema abundante copal para que su aroma me acompañe en la travesía al más allá. Llora si quieres, pues yo lloraré, pero no te aferres a lo que ya no puede ser; recuerda que yo te amaré siempre, aunque ya me haya ido, aunque aquí ya no esté..."

~•~

"Sé que tienes miedo, pero poco hay que temer allá donde vamos; alza la cara y pide tregua al torrente que escurre por tus mejillas; tira al suelo esas piedras que cargas entre las manos y da ese primer paso que tanto te empeñas en evitar; recuerda bien que al lugar al que vas, se puede hacer todo, menos llorar."

~•~

"¿Por qué lloramos
a los muertos
si ellos ya no sufren
ni sienten tristeza?
¿Por qué aún hoy
los compadecemos
si los de la condena
somos nosotros?
¿Por qué lloramos
cuando deberíamos
alegrarnos?"

~•~

"De maíz nos hicieron
y al maíz volveremos;
somos lágrimas del Cielo,
latidos de la tierra,
y si mañana el Anáhuac
habremos de dejar,
que sea por ir al mundo
del que nadie vuelve ya."

~•~

"El tiempo terminará por alcanzarnos. Llegará el día en que nos arranque las alas y nos devuelva a la tierra de donde una vez salimos. Ese día no quiero estar solo: deseo que tú y tus cuatro patas guíen mi camino.
No le temo al Mictlán, no si prometes que conmigo vas a estar."

~•~

"No pienso vivir sin ti.
Si has de partir,
partiré contigo.
Caminaré círculo
tras círculo
sujetando tu mano,
y sin importar si
pisamos agua o fuego,
siempre estaré a tu lado."

~•~

"Si no le temo a la muerte es porque sé que no carga con amargas penas, sino con dulces alegrías; que lejos de apagar mi camino va a iluminarlo, y que contrario a lo que todos piensan, te llena de quietud en lugar de dolor.
Si no le temo es porque sé sonreír, y llegado el momento también sabré morir."

~•~

"¿Por qué le temes tanto a la muerte? ¿Es que acaso no deseas devolver a la tierra el favor que te hizo al regalarte la vida?"
"Viven engañados aquellos que creen que el viento puede hablar, pues nada hay de cierto en eso; él solo recoge historias y las repite con nuevas voces; viaja por aquí y por allá contando memorias, narrando sueños, recordando vidas..."

~•~

"Escúchame bien:
ya no estoy aquí,
ahora estoy allá.
No inundes mi camino
con tus lágrimas,
mejor adórnalo
con tus sonrisas.
Déjame navegar
entre recuerdos,
y no perderme
entre tristezas."

~•~

"No me extrañes, solo tenme presente.
No me añores, solo piénsame de vez en cuando.
No me llames, solo háblame.
No me llores, porque yo donde estoy, soy feliz, y siempre sonrío por ti."

~•~

"No, a este mundo no venimos a vivir. A esta tierra vinimos a morir, a fallecer lentamente, a consumirnos como las llamas de una hoguera, a perecer como la noche cuando llega al amanecer. No, a este mundo solo venimos a morir, y es por eso que, en lugar de llorar, cada día vivido deberíamos sonreír."

~•~

"El mundo gira tantas veces, que es fácil confundir lo que pasa con lo que acontece. ¿Es la vida similar a la muerte? ¿Hay algo más allá? ¿O será que tras el último aliento el alma simplemente desaparece?"
"Ayer me visitó un colibrí. Me dijo que aquellos a los que alguna vez amé se encuentran bien, que me esperan con los brazos abiertos, y que, aunque todavía faltan muchos soles para nuestro reencuentro, ellos y yo nos volveremos a ver."

~•~

"Esos que ayer
se nos adelantaron
ya no sufren más,
deja de llorar por ellos
que la sal de tu llanto
no los deja descansar."

~•~

"Cuando partamos
nada llevaremos
con nosotros;
¿De qué sirven el oro,
las plumas y el jade?
¿Que nadie se entera
de que desnudos
llegamos
y de igual forma
nos vamos?"

~•~

"Aquí ya no hay nada,
¿qué esperas que te dé?
Ayer sembré el último
de los granos de maíz,
y hoy mismo la sequía
lo ha asesinado.
¿Qué esperas de mí
sí ya todo lo he dado?
Hasta de vida carezco
y morir, yo ya no puedo."

~•~

"Te espero allá, en el infinito, donde podemos dejar de fingir y podemos comenzar a ser.
Te espero allá, con los brazos abiertos y una sonrisa en los labios.
Te espero, sé que tarde o temprano, al fin habrás de llegar."

~•~

"Y aunque vivo en la tierra del olvido, sé muy bien que los míos aún me recuerdan; que un día de cada año prenden una luz en mi nombre, y que al menos en esa ocasión todo vuelve a ser como era antes, justo igual que cuando estaba vivo..."

~•~

"Ya se han ido. Extrañaremos sus voces y también sus risas. Dormiremos pensando en ellos, y despertaremos con su recuerdo en la piel. Pero han partido ya, y debemos dejarlos ir. Ahora son estrellas del firmamento, luces del más allá... y estarán esperando por nosotros, sin importar cuanto nos tardemos en llegar..."

~•~

"Todos andamos el mismo camino; algunos más rápido y otros más lento, mas sin importar nuestra velocidad al avanzar, siempre terminaremos en el mismo lugar."

~•~

"Nunca olvides que, a fin de cuentas, todos somos iguales; en el vasto mar nadie es capaz de distinguir al noble *pipiltin* del fatigado *macehualtin*... en el vasto mar solo hay gotas de agua, iguales y cristalinas; gotas que un día y sin falta, en una ola habrán de sucumbir."

~•~

"Deja que sople
el viento,
y no te quejes
cuando alumbre
el sol;
Deja que suceda
lo cierto,
y deja descansar
al que hoy partió..."

~•~

"Del fruto a la flor,
y de la flor al cielo;
bate tus alas,
hermano colibrí,
y dile a los que amé
en vida,
qué siempre
los recordaré
con amor y alegría..."

~•~

"No compadezcas al que deja este mundo, porque él al fin podrá descansar; mejor siente pena por todos aquellos que, lamentablemente, en esta tierra se deben quedar."

~•~

"A la muerte le gusta jugar; aparecer de repente entre un montón de gente, y llevarse justo al que estaba en el medio, seguro, tranquilo, protegido...
A la muerte le gusta jugar; baila candorosa desde el mañana hasta el ahora, da besos en la nuca y sopla al revés, jalando aire en lugar de expulsarlo...
A la muerte le gusta jugar. A nosotros también, pero no con ella..."

~•~

"Dime, tú que presumes de haberlo visto todo; ¿has visto volar al quetzal con dirección al infinito? ¿lo has observado mientras bate sus alas para luchar contra el viento? ¿has sido testigo de la caída de una de sus plumas?
Dime, ¿acaso lo has visto morir y prometer con una sonrisa que volverá a nosotros una vez más?

~•~

"Cesarán los cantos, pero no desaparecerán las aves.
Morirán los poetas, pero seguirán en pie las flores.
Pereceré yo y también lo harás tú, pero el mundo seguirá su curso, envuelto en mariposas de colores..."

~•~

"...y aunque hoy mi sendero se encuentra cubierto de luz, sé bien que el tuyo se halla envuelto en la penumbra; llora si así lo deseas, pero no añores lo que fue, puesto que no se compara con lo que será.
Volveremos a caminar de la mano.
Confía en mí. Mejores tiempos han de venir..."

~•~

"¡Cumpliste tu palabra! Ayer recorrimos el mismo camino, hoy cruzamos el mismo río, y mañana compartiremos el mismo destino... Tenías razón: siempre seremos amigos."

~•~

"Te lo prometo: llegará el día en que tocaremos el cielo. Pero antes de eso, incluso previo a remontar el vuelo, habremos de ser polvo, y no podremos evitar ser uno con el suelo..."

~•~

"Flores de veinte pétalos han aparecido bajo mis pies; son el comienzo de un sendero luminoso que acaba en un río más allá del horizonte.
A lo lejos, una voz me llama.
'Ven' me dice.
Y yo sonrío. Y doy un paso.
Allá voy.
El momento ha llegado."

~•~

"...y si alguien pregunta, no, no estoy dormido; más bien, acabo de despertar..."

~•~

"...y si solo somos un instante,
más vale hacer de él
un momento memorable..."

~•~

"Muchos dicen —sin saber— que el último aliento es el final de la melodía de la vida. No pueden estar más equivocados; esa postrera exhalación es la primera nota de la verdadera canción..."

~•~

"Guarda esas perlas que has arrojado al camino. Créeme, no las necesito. Allá a donde voy, las estrellas señalan el destino."

~•~

"Búscame hoy; todavía puedo reír y llorar.
No me busques mañana; el polvo solo sabe flotar."

~•~

"Llegará el día en que nos alcance el tiempo y seamos una mancha más en la piel del jaguar.
Llegará ese instante y cesará nuestra canción, aunque tal vez la recuerde el cenzontle y quizás la repita el quetzal.
Llegará y nos recordará que el sendero es corto y la mirada fugaz; llegará para decirnos que el sueño es prestado, y en cualquier momento se puede terminar."

~•~

"Es inevitable; tarde o temprano nos alcanzarán los días sin sol y las noches sin luna. El sendero se oscurecerá y las tinieblas nos bloquearán el paso. Será un momento gris. Parecerá que no hay a dónde ir... No es así.
Para dejar la penumbra atrás, solo hay que caminar."

~•~

"Cada vez que el cielo llora, brota vida en la tierra... No cabe duda: hay lágrimas que deben ser derramadas..."

~•~

"Amado amigo
no llores más;
allá nos separamos,
pero aquí nos encontramos..."

~•~

"Llora. Las lágrimas deben viajar con el viento, no inundar el corazón."

~•~

"Y todos me dicen:
ya no llores más,
todo ha pasado ya;
pero,
¿qué saben ellos?
¿qué pueden decir?
No fue su corazón
el que se rompió.
No fue su alma
la que se quebró...
Qué fácil es decir:
no vuelvas a llorar,
ellos no saben
lo que duele extrañar..."

~•~

"...fue entonces cuando lo vi: allí, de pie junto al río, con la lengua de fuera y los ojos llenos de alegría. Era él, mi viejo compañero, el itzcuintli que había tenido de niño... me avergonzó llegar hasta él con las manos vacías. Lo miré de reojo con los ojos casi fijos en el suelo, avergonzado por mi desnudez. Poco le importó; me saludó con infinito gozo y luego me pidió que lo siguiera. Me disculpe por no llevarle nada. Él solo ladeó la cabeza. Quizá piensen que estoy loco, pero me pareció oírlo diciendo 'No te preocupes, ya me lo has dado todo'..."

~•~

"Aquella noche oí cantar un tecolote. Sus tristes notas me hicieron trizas el corazón. Incluso pensé en abandonar el sendero que hacía tiempo caminaba y entregarme al vacío de la eterna noche. Pero me contuve. Algo en la faz de la luna me hizo cambiar de opinión. ¿Hallé en ella un milagro? No. Solo encontré voluntad."

~•~

"Y aunque parece que todos caminamos senderos distintos, la verdad es que al final, todos nos dirigimos al mismo destino..."

~•~

"Nunca se van.
Viven en los cantos, las danzas y las flores.
Nunca se van.
Todavía se escuchan sus gritos en el campo de batalla.
Nunca se van, porque del corazón, nadie desaparece jamás."

~•~

"¿Por qué te preocupa tanto el acumular riquezas en lugar de experiencias? ¿Es que valen más las plumas del quetzal que su propio canto? ¿Acaso cargamos con oro cuando se nos acaba el aliento y nos toca dar el siguiente paso?"

~•~

"Cuando llega el momento
del gran río cruzar,
se acaban las diferencias
entre el pipiltin y el macehual."

~•~

"Si solo somos nubes
que el cielo espere
mientras regamos
los campos;

que nos deje llover
un día
y luego otro más.

A fin de cuentas
regresaremos,
y cuando estemos arriba
ya solo nos tocará mirar."

~•~

"Nada nos distingue al uno del otro
cuando llega el momento de partir.
Aquí se quedan las plumas y el jade,
aquí dejamos el oro y la plata.
Nada diferencia al pipiltin del macehual
cuando llega la hora del adiós;
allá solo nos llevamos recuerdos
allá solo cargamos con el alma."

~•~

"Se muere la carne, pero el recuerdo perdura; nunca se va el quetzal que no temía regalar sus plumas."

~•~

"No.
No morimos en realidad.
Solo andamos con nuevos pies
y sonreímos con otros dientes.
No.
No perecemos,
solo avanzamos.
Allá donde una vez vimos el final
solo hay un nuevo sendero
en el que volvemos a caminar."

~•~

"El camino aún no termina;
se ha puesto el sol,
pero la noche
apenas comienza."

~ • ~

"...y nos vamos, como viento que sopla hacia las montañas, como agua que marcha en dirección al gran azul. Es la ley de la vida: todos debemos decir adiós..."

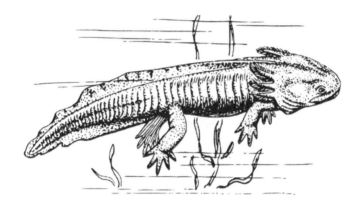

~•~

"¿Por qué llora tu corazón?
¿Acaso no ves que ahora vuelo con el quetzal?
¿Qué no ves que hoy ya canto con el colibrí?
¿Por qué llora tu corazón?
¡Escucha mi voz! ¡Ahora estoy donde solo se puede ser feliz!"

~•~

"He comenzado a andar un nuevo sendero.
¿A dónde me llevará?
¿Será a la luz?
¿Será a la oscuridad?
¿Es esta mi última morada?
Después de aquí,
¿Ya no hay nada más?"

~•~

"¿Puedes verlo? Justo bajo el árbol de zapotl, descansa el espíritu de tu abuelo. No, no es porque allá lo hayamos sepultado, sino porque ahí fue donde nos dejó su más valioso legado: la sabiduría. Allí, bajo las frondosas ramas, nos enseñó a respetar a los mayores y amar a los niños; a escuchar en silencio y a preguntar todo aquello que no entendiéramos. Fue en ese lugar donde nos dio la más valiosa lección: recordar con cariño y nunca dejar a los nuestros en el olvido."

~•~

"Me pregunto,
¿Estará él ahí para ayudarme a cruzar el río?
¿Escucharé otra vez sus alegres ladridos?
Me pregunto,
¿Puede un recuerdo sobrevivir al tiempo?
¿Puede un mortal ganar el corazón de un perro?
Me pregunto,
¿Se acordará de mí?
¿Volveré alguna vez a ser feliz?"

~•~

"No, allá donde vas no hay sombras ni penumbra, sino luz y un nuevo sol.
Déjame aquí la tristeza y avanza sin temor. A ese lugar al que hoy vas, mañana también iré yo..."

~•~

"Sonríe, porque mi camino se llena de flores cada vez que me recuerdas con alegría.
Sonríe, porque mi cielo se pinta de jade cuando hablas de mi con orgullo y admiración.
Sonríe y se feliz, camina sin mirar atrás, recuerda que allá adelante, yo espero por ti."

~•~

"No llores por mi partida, porque cada lagrima que derramas inunda mi camino e interrumpe mi andar.
Recuerda que todavía te extraña mi corazón, y que, si te oigo llorar, lo primero que haré será voltear hacia atrás..."

~•~

"La vida es un sueño que termina al morir; el primer paso en un sendero de luz del que siempre intentamos huir."

~•~

"Sí, es cierto, todos ustedes habrán de morir. Pero también es verdad que no todos han tenido la fortuna de vivir; hay algunos que, sin saberlo, simplemente se han contentado con existir..."

~•~

"Se apagó mi voz,
se ha terminado
mi canto;
¿A dónde van
los sueños?
¿Alguna vez
los alcanzaremos?
Nada sobrevive
al tiempo,
nada, ni siquiera
el dios
qué clama ser eterno."

~•~

"Volverás a la tierra. Dejarás de caminar sobre el suelo y hallarás
nueva vida debajo de él.
Ya no entonarás más canciones, pero serás motivo de bellos
poemas y mágicos recuerdos.
Volverás a la tierra, porque el brote después de florecer, se
marchita para luego nacer otra vez."

~•~

"Vuela.
Eres un colibrí.
Una mariposa.
Un águila, una nube...
Vuela, amada niña,
el cielo te espera
porque le falta
una estrella..."

~•~

"No llores. Nos separamos hoy, pero nos reuniremos mañana.
El sendero que este día me toca caminar, también tú alguna vez
lo habrás de andar."

~•~

"¿Quién canta por aquellos que se han marchado con premura?
¿Quién siembra flores en su camino para que acepten su nuevo
destino?
¿Quién seca sus lágrimas y conforta sus almas?
¿Será misión de nosotros? ¿Será labor de aquellos que nos
quedamos?"

~•~

"¿Y quién recordará mi canto cuando mis pies caminen el otro sendero?
¿Habrá alguien repitiendo mis versos o mis palabras se perderán en el olvido?
¿Quién sonreirá al oír mi nombre y quemará copal para perfumar mi camino?
Dime, tú que todo lo sabes:
¿Habrá uno entre los que queden atrás que se acuerde de mí?"

~•~

"La pena se aloja en los corazones de aquellos que se guardaron palabras que siempre quisieron decir. No permitas que eso te pase a ti. Ama sin reservas y no te guardes nada. Aquí solo estamos de paso y de poco vale vivir con los labios cerrados."

~•~

"Seca esas lágrimas de tu rostro, porque no es necesario llorar; los caminos que ayer se separaron, mañana se volverán a juntar."

~•~

"Solo te pido que no llores el día en que me vaya, porque ahogarás mi recuerdo en un profundo mar lleno de pena y desesperanza.
Solo te pido que en lugar de tus lágrimas sea tu sonrisa quien acompañe mi partida, para que la oscuridad rehúya a mi paso y encuentre luz en mi camino.
Solo te pido que estés ahí, porque cuando me necesites, yo estaré ahí para ti."

~•~

"He oído a muchos decir que no quieren morir. No entienden que nadie muere en realidad y que solo iniciamos un nuevo camino lejos de aquí.
Vamos a un lugar donde nos reunimos con los que se nos adelantaron y esperamos a los que atrás se quedaron.
No hay que tenerle miedo a morir, porque allá del otro lado, uno vuelve a vivir."

~•~

"¿Qué hay más allá?
No lo sé aún,
¡pero pronto lo he de saber!

¿Qué hay más allá?
¿Días sin lluvia
y noches estrelladas?
¿Eternas sonrisas
y dulces veladas?

¿Qué hay más allá?
Solo el Mictlán,
el lugar ideal
para de la vida
descansar."

~•~

"Allá nos vemos. Justo en el otro lado del río, donde las aguas son profundas y el futuro deja de ser incierto.
Allá nos vemos. En la tierra que deja atrás los nubarrones grises de los días de tormenta.
Allá, donde la tristeza se vuelve sonrisa y la sonrisa se vuelve nueva vida.
Allá nos vemos. Allá en el Mictlán."

~•~

"Todo cielo comienza con una nube. Todo bosque inicia con un brote. Toda vida inicia con la muerte...
No temas caminar. Algún día tú y yo también habremos de ir allá."

~•~

"Para escapar del olvido, hemos de sembrar una semilla en la tierra fértil antes de partir: un hijo, una hija; un árbol, una flor; un sueño, un ideal...
Para nunca morir, antes hay que atreverse a vivir..."

~•~

"Dicen que, para llegar al último círculo del Mictlán, basta la ayuda de un amigo que nos amó incondicionalmente en vida; su olfato, siempre dispuesto, es capaz de guiarnos a través de los senderos más seguros, y su vista, jamás cansada, advertirá cualquier peligro oculto entre las sombras. Dicen que has de tratarlo bien en este mundo o te dará la espalda en el otro. Mienten. Un *itzcuintli* es tan generoso y leal, que nunca te abandonará en tu momento de necesidad..."

~•~

"Soñé que volvía a verte; traías una canasta con tunas entre las manos, y nos comíamos todas mientras recordábamos los viejos tiempos. De pronto sin más, me dabas un beso en la frente. Me decías adiós con la mano y desaparecías en la oscura noche. Soñé que volvía a verte, pero desperté, y ya no estabas ahí..."

~•~

"Hoy que te has ido, he descubierto que de poco sirven el oro y las semillas de cacao. Acumulé riquezas durante toda la vida para cuidarte, pero ni la más valiosa de ellas pudo retenerte cuando te llegó el momento de partir.
Hoy que te has ido quisiera ser cenzontle para volar contigo, pero solo soy un hombre y nada más puedo caminar.
Hoy que te has ido quisiera irme también, porque sin ti en esta tierra, ya nada quiero tener."

~•~

"Me tocó partir antes que tú, y mi corazón se ha roto infinitas veces al verte llorar. Mi sendero se ha inundado de lágrimas y apenas y distingo el río que debo cruzar del cauce que cubre mis pies...
Por favor, aparta la tristeza de tu alma, sonríe y piensa que todo estará mejor. Te garantizo que así será; te prometo que nuestros caminos otra vez se volverán a encontrar..."

~•~

"¿Por qué temes a la penumbra? ¡Nada malo hay allá donde vas! Ahí las penas que encorvan tu espalda no te podrán alcanzar, y el oro que desvelos te causa, ya jamás te volverá a importar..."

~•~

"¿Es por ti que redobla el teponaztli?
¿Alaba tus hazañas el eco del tambor?
¿A dónde te ha llevado la batalla?
¿Será que ya no volverás más?
¡Dime si tus pasos se dirigen ahora al sol!
Allá donde tú vas ¿Podré ir también yo?"

~•~

"Vendrán otros itzcuintli como yo. Acudirán a ti en busca de ayuda y cobijo, y habrás de aceptar que caminen a tu lado en este sendero sinuoso. Su compañía hará el viaje más llevadero. Y cuando llegue el instante de partir, ahí estaré yo para recibirlos a todos.
Juntos cruzaremos el río que separa a la penumbra de la felicidad. Y seremos uno; porque el amor que nos unió en la tierra, nos unirá también en la eternidad."

~•~

"No llores por mí, porque un día querrás dejar atrás el llanto y también me dejarás ahí...
Recuerda que nunca fui canto lúgubre de tecolote, sino alegre vuelo de colibrí; ya no pienses en que nos separamos, pues un buen día nos volveremos a reunir."

~•~

"¿Será verdad que hay un cielo donde todas las aves vuelan juntas? ¿Los caminos que se bifurcaron se juntarán otra vez? ¿Pueden mil lamentos tornarse una sola voz? ¿Cuándo se dejará oír tan esperada canción?"

~•~

"No llores por lo que fue, sonríe por lo que será; el mismo sueño que ayer nos separó, mañana nos habrá de juntar."

~•~

"...y al fin descubrí la razón por la que un par de ríos inundan tus ojos: es porque allá nadie suele ver, hay un desierto habitando tu corazón..."

~•~

"Todavía hoy me cuesta caminar sin ti. Muchas vueltas al sol han tenido lugar, pero imposible es dejarte de extrañar... ¿Cómo no añorar tu mirada? ¿Cómo olvidar las promesas que no te pude cumplir? ¡Volveremos a vernos, lo sé bien!
¿Pero cuándo? ¡Eso quisiera saber!"

~•~

"Se nos agotaron los pasos juntos y nada podemos hacer para reanudar la marcha. Solo somos pétalos de flor que ahora flotan en distintos cielos... Pero nos reencontraremos, no hay duda de ello; al final del día, todos caminamos el mismo sendero."

"Apenas un instante dura nuestra marcha sobre este sendero y poco debe preocuparte el lugar a donde mañana habrás de ir... ¡Escucha a tu corazón! ¿Por qué lloras en lugar de sonreír?"

~•~

"Mintieron cuando dijeron que nos haríamos uno con el polvo, pues los dioses nos tienen reservado un rincón en el vasto universo; recuerda bien, nuestro destino es trascender, no morir"

~•~

"¡Qué difícil es dar el paso al otro sendero! Pero no para los que se van, sino para los que se quedan: la tristeza no viaja allá, solo se queda acá..."

~•~

"No llores cuando escuches mi canción, porque la entono para darte alegría, no tristeza. Nos reuniremos otra vez. Verás que al final, ha valido la pena tan larga espera."

~•~

"Detén ese río que nace en tus ojos, pues nada ha terminado en verdad. El sueño verdadero, el que se tiene al estar despierto, no sucede aquí, solo ocurre allá."

~•~

"La vida —la de verdad— es un teocalli de incontables escalones. El primero de ellos es el breve suspiro que ocurre en este mundo, y solo tiene por fin prepararnos para lo que vendrá. ¿Y qué es que aguarda adelante? ¡Imposible saber si nos negamos a caminar!"

~•~

"Has de saber, que llorar no hace más fácil mi camino; escucharte me obliga a mirar atrás y apenas verte quiero volver...
Pero el sendero se ha partido y mi andar ya no es el tuyo.
Caminaremos juntos otra vez. No sucederá hoy, pero mañana habrá de ser."

~•~

"...y si esta es la última nota de mi breve canción, ojalá que su eco alcance el más lejano rincón.
No ansío gloria, pleitesía o veneración. Me basta con un esporádico recuerdo, suficiente será una vaga mención..."

~•~

"La tristeza se queda aquí, pues ella no tiene lugar allá.
Te hiere, lo sé, pero ya no llores más; ya no me acosa el dolor, al fin podré descansar..."

~•~

"Un día no muy lejano, volveremos a caminar por el mismo sendero. Nuestros pasos dejarán huellas grabadas en la tierra y cantaremos la misma canción bajo el cobijo del sol.
Ese día, sin embargo, no es hoy; déjame partir sin pesares y desea para mí lo mejor.
Nada de malo hay en mi destino. Nada terrible encontraré en el lugar a donde voy..."

~ • ~

"...nos mintieron cuando dijeron que veníamos a esta vida a acumular oro y plumas preciosas; a este mundo llegamos a llorar, reir y soñar, caminar, correr y hasta volar... Nada hay que hacer aquí salvo vivir, y luego, morir..."

~ • ~

"...y hablas del final, como si tal cosa fuera posible... ¿No comprendes que aún nada ha terminado? ¿Tanto trabajo te cuesta aceptar que todavía falta camino por andar?"

~ • ~

"¿Por quién aguardas, astilla de hueso?
¿A quién le debes semejante lealtad?
¡Qué valiente eres, pequeño itzcuintli!
¡Amigos como tú, muy pocos hay!"

~ • ~

"Deja tus lágrimas en esta orilla, pues cruzando el río ya no las necesitarás; descubrirás que lo que aquí termina, allá apenas inicia..."

~•~

"Algunos senderos demandan más pasos que otros, pero todos conducen al mismo lugar."

~•~

"...y si alguna vez quieres decirme algo, vuelve en forma de oscura mariposa; así comprenderé que a veces las cosas bellas vienen envueltas en un manto de densa penumbra..."

~•~

"¿Tendré el valor de cruzar el río cuando llegue la hora? ¿Seré capaz de dejar atrás el oro y el jade?
¡Cuánta pena me causa pensar que puedo acobardarme! ¡Cuánto dolor me provoca saberme temeroso!
Solo queda esperar; a nadie le es dado saber qué hay más allá."

~•~

"Muchos piensan que mi labor es una clase de sacrificio. Se equivocan; no hay honor más grande que morir junto a un amigo.
Él me ha cuidado aquí, yo lo protegeré allá. Cruzaremos juntos o no lo haremos. Unidos para siempre: maíz y arcilla, hombre y can..."
"Ha caído la última de mis plumas, mas no por eso dejaré de volar; quizá no vuelva a surcar este cielo, pero ahora mis alas me llevarán más allá."

~•~

"Aquí mi melodía se diluye con el viento,
pero allá arriba, en lo alto de la montaña,
seguro estoy de que mi canto será eterno."

~•~

"La lluvia no dura lo mismo en todas partes: hay valles donde se presenta solo un instante, y campos donde se empeña en mojar cada rincón.
Puede inundarlo todo o simplemente traer una brisa fresca consigo.
Nunca es constante, siempre es diferente.
Déjala ser; solo sobre tierra húmeda puede la vida florecer."

~•~

"El rayo de sol dura solo un momento. La canción del quetzal abarca solo un instante. La luna brilla hoy, pero mañana no, y el viento sopla una vez para luego desaparecer.
Si la propia naturaleza es efímera ¿Por qué te obsesiona la eternidad? ¿Por qué en lugar de intentar perdurar no te ocupas tan solo de caminar?"

~•~

"Aquí no se acaba el camino, más bien, apenas comienza...
Allá fui solo suspiro; acá soy dulce recuerdo.
Allá me tocó ser instante, pero aquí podré ser eterno."

~•~

Es esta la última nota
de mi breve canción;
ya no tengo plumas
adornando mis alas,
y solo un suspiro
me queda en el alma.
Partiré, más no volveré;
sonreiré, una última vez..."

~•~

"...y cuando llegue la mañana, tú y yo caminaremos juntos de
nuevo... No habrá más nubes grises ni lluvias inesperadas.
Todo mejorará, ya verás; lo que no se puede aquí, sí se podrá
allá..."

~•~

"Si algo has de pedir
antes de emprender
el camino,
que sea que los niños
canten tu canción;
que entonen tus notas
aunque estés lejos,
que al pensar en ti
miren siempre al cielo."

~•~

"Somos semillas,
pedacitos de vida
ansiosos por germinar.
Somos semillas,
frágiles suspiros
expuestos al viento.
Somos semillas,
vástagos del cielo
la luna y el sol.
Brotamos un día,
perecemos después.
Somos semillas.
Así debe ser."

~•~

"Aleteo de colibrí.
Dulce nota de una flauta.
Brevisimo instante.
Inconcluso suspiro.
Así llegamos.
Así nos vamos..."

~•~

"El sendero no tiene final: comienza, termina y vuelve a empezar... ¿Acaso no ves que no hay tal cosa como un último vuelo? El águila no cae, solo bate las alas con dirección a otro cielo..."

~•~

"...y me dices:
deja ya de llorar,
todo mañana ha de pasar...
Pero poco puedo hacer,
¿Acaso no lo ves?
Mi corazón está roto
ayer lo perdí todo..."

~•~

"...y si hoy termina aquí, apenas inicia allá; los senderos a veces comienzan y otras culminan, pero siempre conducen al mismo lugar: allá donde todos habremos de llegar..."

◄•►

Allá en el Xibalba

~•~

"¿Qué noticias me traes de aquellos que ya no están?
¿Al fin ha terminado su andar? ¿Han arribado ya a donde no hay
marcha atrás?
Dime, pequeño t'zunun ¿Me esperan los míos en ese lugar al que
tú vas?"

~•~

"En lo más profundo del abismo,
allá donde la luz del sol
no se atreve a llegar,
allá residen las almas
de aquellos que una vez
se atrevieron a soñar...
Te pregunto mortal:
¿Osarías caminar
en la penumbra
para el Xibalba
un instante admirar?"

~•~

"Allá, en el punto más lejano del cielo, se deja ver un camino de
estrellas que refulge con timidez. Los viejos dicen que son las
almas de aquellos que nos dejaron y ahora marchan hacia la
eternidad... ¿Será verdad? ¡Quizá! Pero hoy, solo nos queda
esperar..."

~•~

"Bate tus alas, pequeño colibrí, y lleva este mensaje a aquellos que todavía me lloran: diles que nos aguarda una eternidad juntos, y que no deben añorar los tiempos que quedaron atrás. Diles que aún somos uno solo, y que su corazón y el mío siguen compartiendo el mismo latido."

~•~

"No sé qué hicimos para molestarlo; somos simples criaturas hechas de barro y maíz, tan fugaces como el canto de ave, tan trascendentes como una hoja que se mece al viento. ¿Que pudimos haber hecho para causar la ira del señor de las montañas? ¿Qué falta cometimos para provocar la ira del todopoderoso Cabrakán?"

~•~

"Los ancianos cuentan que los primeros hombres tuvieron la peor de las muertes. Según sus crónicas, una deidad de piel oscura y cabeza de murciélago fue quien dio cuenta de ellos.
Dicen que la criatura segó sus vidas porque estaban hechos de madera y carecían de sentimientos.
No sé si creerles. Pero desde que escuché esa historia, ya no tengo miedo de mostrar lo que siento..."

~•~

XUN CAME

"Escuchen con atención, héroes gemelos: ¿Qué es la muerte sino un viaje macabro? ¿Qué son los viajes sino suspiros muy largos? ¿Qué es un suspiro sino la muerte de un instante? Todo empieza donde acaba, y todo termina donde inicia. Aquí murió su padre, aquí morirán ustedes. Así fue una vez, y así mañana volverá a ser..."

~•~

Hunajpú e Ixbalamqué

"Su ingenio era tal, que consiguieron engañar a los señores de la muerte en el Xibalba; solo ellos podrían haber convencido a un dios de que dejarse cortar la cabeza, era un asunto de lo más "divertido"..."

~•~

"Ven, sopla el caracol. Avísales a las tropas que la batalla está a punto de comenzar.
Acércate, sopla con fuerza, y mira con atención como los arqueros se reúnen a tu alrededor.
Hazlo, sopla hasta que se te acabe el aliento; que los dioses se enteren de que aún seguimos de pie, listos para pelear una vez más..."

~ • ~

"Los héroes gemelos conocieron su faz durante una noche sin luna en las entrañas del Xibalba: tenía orejas puntiagudas y afilados colmillos, la nariz achatada y los ojos curiosos. Podía volar gracias al par de colosales alas que emergían de su espalda, y aunque solía comer flores y frutas, era incapaz de decir "no" cuando se le presentaba la oportunidad de probar carne humana. Camazotz dijo llamarse, Camazotz le llamaron..."

~ • ~

"Dicen que de su voz nacieron los relámpagos, y que de su llanto cobró forma la lluvia. Cuentan que fueron sus suspiros los orígenes de los más terribles huracanes, y que cada vez que cerraba los ojos, el mundo se sumía en la más profunda oscuridad. Le llamaron Kabrakán, aunque su verdadero nombre nadie lo supo nunca..."

~•~

CHAAK

"...me dijeron: 'esparce la lluvia', y así lo hice; oculté mi rostro bajo cuatro máscaras de diversos colores y comencé a soplar en las cuatro direcciones del universo... Cuando me cansé, busqué refugio en un cenote a las puertas del inframundo, y moro ahí desde aquel entonces... a veces los muertos reparan en mi presencia y me preguntan qué hago allí, cuando soy tan necesario en la tierra. Y yo contesto, con una sonrisa en los labios: 'estoy aquí, pero también estoy allá'..."

Historias de la gente nube

~•~

"¿Acogerás bajo tus negras alas a aquellos que ya han dado el paso? ¿Custodiará tu mirada descarnada el sendero que todos habremos de andar?

Dime, Coqui Bezelao ¿Nos consideras dignos de reposar en tu regazo?"

~•~

"Para él no existió principio, y tampoco existirá final. Infinito es su sendero: donde inicia, también termina, pues el propio universo se agita entre sus manos...

¿Quién más que el creador de creadores? ¿Qué otro sino el propio Coqui Xee?"

~•~

"El cielo mismo se cimbra cuando se aproxima su llegada, pues a él pertenecen las nubes y la fiera luz que de ellas emana. Para algunos bendición, para otros caos, a nadie resulta indiferente, e imposible es ignorar su magnificencia. ¿Has oído eso? ¡Es su voz que clama desde el firmamento! ¡Pitao Cocijo viene a visitar a sus amados niños!"

Sobre el autor:

Jorge Daniel Abrego Valdés (Ciudad de México, 28 de Octubre de 1983), escritor mexicano, con una licenciatura en Mercadotecnia y una maestría en Dirección de Proyectos.

Maneja él mismo sus redes sociales bajo el seudónimo de "Viento del Sur". En Facebook puedes encontrar su página de cuentos en www.facebook.com/loscuentosdevientodelsur

Tanto en Twitter como Instagram puedes seguirlo en viento_del_sur1.

Otras obras de J. D. Abrego:

De dioses y otros demonios (Los cuentos de Viento del Sur Vol. 1)

Más allá del Quinto Sol (Los Cuentos de Viento del Sur Vol. 2)

Reino Animal (Los Cuentos de Viento del Sur Vol. 3)

De viaje por el mundo (Los Cuentos de Viento del Sur Vol. 4)

Fabulas Exspiravit (Los Cuentos de Viento del Sur Vol. 5)

CF-MX (Los Cuentos de Viento del Sur Vol. 6)

Me lo contaron en el lago de la luna (Los Cuentos de Viento del Sur Vol. 7)

Hay héroes entre nosotros (Los Cuentos de Viento del Sur Vol. 8)

Como tú, como yo (Los Cuentos de Viento del Sur Vol. 9)

La ciencia de Dios (Los Cuentos de Viento del Sur Vol. 10)

Cocotón (Los Cuentos de Viento del Sur Vol. 11)

Lore: la niña del balón.

La casa de los Tetramorfos.

Cherub: las crónicas de Erael.

Cherub: las crónicas de O'l mechaak

Purga Digital

Cuentos para la cuarentena

Crónicas del Quinto Sol

Sabiduría de los Ancianos

"Sé que hice mal, pero ¡No me culpen a mí! Fue culpa de esos conejos, los traviesos hijos de Mayahuel... Les juro que enmendaré mi error, pero prometan algo primero: no vuelvan a dejarme a solas con una jarra de octli... ¡No importa cuánto lo pida ni cuanto lo merezca!"

Lo escuché en Tenochtitlan

Made in United States
Orlando, FL
06 October 2024

52424642R00061